Arthur Conan Doyle

Les Cinq pépins d'orange

Table des matières

Les cinq pépins d'orange

Quand je jette un coup d'œil sur les notes et les résumés qui ont trait aux enquêtes menées par Sherlock Holmes entre les années 82 et 90, j'en retrouve tellement dont les caractéristiques sont à la fois étranges et intéressantes qu'il n'est pas facile de savoir lesquelles choisir et lesquelles omettre. Quelques-unes, pourtant, ont déjà bénéficié d'une certaine publicité grâce aux journaux et d'autres n'ont pas fourni à mon ami l'occasion de déployer ces dons exceptionnels qu'il possédait à un si haut degré et que les présents écrits visent à mettre en lumière. Quelques-unes, aussi, ont mis en défaut l'habileté de son analyse et seraient, en tant que récit, des exposés sans conclusion. D'autres, enfin, n'ayant été élucidées qu'en partie, leur explication se trouve établie par conjecture et hypothèses plutôt qu'au moyen de cette preuve logique absolue à quoi Holmes attachait tant de prix. Parmi ces dernières, il en est une pourtant qui fut si remarquable en ses détails, si étonnante en ses résultats, que je cède à la tentation de la relater, bien que certaines des énigmes qu'elle pose n'aient jamais été résolues et, selon toute probabilité, ne le seront jamais entièrement.

L'année 87 nous a procuré une longue série d'enquêtes d'intérêt variable dont je conserve les résumés. Dans la nomenclature de cette année-là, je trouve une relation de l'entreprise de la Chambre Paradol, un exposé concernant la Société des Mendiants amateurs, un cercle dont les locaux somptueux se trouvaient dans le sous-sol voûté d'un grand magasin d'ameublement, des précisions sur la perte de la barque anglaise *Sophie Anderson*, sur les singulières aventures de Grace Patersons aux îles d'Uffa et enfin sur l'affaire des poisons de Camberwell. Au cours de cette enquête, Sherlock Holmes, on ne l'a pas oublié, parvint, en remontant la montre du défunt, à prouver qu'elle avait été remontée deux heures auparavant, et que, par conséquent, la victime s'était couchée à un moment quelconque de ces deux heures-là – déduction qui fut de la plus grande importance dans la solution de l'affaire. Il se peut qu'un jour je retrace toutes ces enquêtes, mais aucune ne présente des traits aussi singuliers que l'étrange suite d'incidents que j'ai l'intention de narrer.

C'était dans les derniers jours de septembre et les vents d'équinoxe avaient commencé de souffler avec une rare violence. Toute la journée la bourrasque avait sifflé et la pluie avait battu les vitres, de telle sorte que, même en plein cœur de cet immense Londres, œuvre des hommes, nous étions temporairement contraints de détourner nos esprits de la routine de la vie, pour les hausser jusqu'à admettre l'existence de ces grandes forces élémentaires qui, tels des fauves indomptés dans une cage, rugissent contre l'humanité à travers les barreaux de sa civilisation. A mesure que la soirée s'avançait, la tempête se déchaînait de plus en plus, le vent pleurait en sanglotant dans la cheminée comme un enfant. Sherlock Holmes, pas très en train, était assis d'un côté de l'âtre, à feuilleter son répertoire criminel, tandis que, de l'autre côté, j'étais plongé dans un des beaux récits maritimes de Clark Russel, de telle sorte que les hurlements de la tempête au-dehors semblaient faire corps avec mon texte, et que la pluie cinglante paraissait se prolonger et se fondre dans le glapissement des vagues de la mer. Ma femme était en visite chez sa tante et, pour quelques jours, j'étais revenu habiter à Baker Street.

– Eh mais ! dis-je en regardant mon compagnon, il n'y a pas de doute, c'est la sonnette ! Qui donc pourrait venir ce soir ? Un de vos amis, peut-être ?

– En dehors de vous, je n'en ai point, répondit-il, je n'encourage pas les visiteurs.

– Un client, alors ?

– Si c'est un client, l'affaire est sérieuse. Sans cela, on ne sortirait pas par un tel temps et à une telle heure. Mais c'est vraisemblablement une des commères de notre logeuse, j'imagine.

Sherlock Holmes se trompait cependant, car nous entendîmes des pas dans le corridor et on frappa à notre porte. Sherlock étendit son long bras pour détourner de lui-même le faisceau lumineux de la lampe et le diriger sur la chaise libre où le nouveau venu s'assiérait.

– Entrez ! dit-il.

L'homme qui entra était jeune, vingt-deux ans peut-être ; très soigné et mis avec élégance, ses manières dénotaient une certaine recherche et une certaine délicatesse. Tout comme le parapluie ruisselant qu'il tenait à la main, son imperméable luisant disait le temps abominable par lequel il était venu. Dans la lumière éblouissante de la lampe, il regardait anxieusement autour de lui, et je pus voir que son visage était pâle et ses yeux lourds, comme ceux d'un homme qu'étreint une immense anxiété.

– Je vous dois des excuses, dit-il, tout en levant son lorgnon d'or vers ses yeux. J'espère que ça ne vous dérange pas, mais j'ai bien peur d'avoir apporté dans cette pièce confortable quelques traces de la tempête et de la pluie.

– Donnez-moi votre manteau et votre parapluie, dit Holmes. Ils seront fort bien là sur le crochet et vous les retrouverez secs tout à l'heure. Vous venez du sud-ouest de Londres à ce que je vois.

– Oui, de Horsham.

– Ce mélange d'argile et de chaux que j'aperçois sur le bout de vos chaussures est tout à fait caractéristique.

– Je suis venu chercher un conseil.

– C'est chose facile à obtenir.

– Et de l'aide.

– Ce n'est pas toujours aussi facile.

– J'ai entendu parler de vous, monsieur Holmes. J'en ai entendu parler par le commandant Prendergast que vous avez sauvé dans le scandale du Tankerville Club.

– Ah ! c'est vrai. On l'avait à tort accusé de tricher aux cartes.

– Il dit que vous êtes capable de résoudre n'importe quel problème.

– C'est trop dire.

– Que vous n'êtes jamais battu.

– J'ai été battu quatre fois – trois fois par des hommes et une fois par une femme.

– Mais qu'est-ce que cela, comparé au nombre de vos succès...

– C'est vrai que d'une façon générale, j'ai réussi.

– Vous pouvez donc réussir pour moi.

– Je vous en prie, approchez votre chaise du feu et veuillez me donner quelques détails au sujet de votre affaire.

– Ce n'est pas une affaire ordinaire.

– Aucune de celles qu'on m'amène ne l'est. Je suis la suprême cour d'appel.

– Et pourtant je me demande, monsieur, si dans toute votre carrière, vous avez jamais eu l'occasion d'entendre le récit d'une suite d'événements aussi mystérieux et inexplicables que ceux qui se sont produits dans ma famille.

– Vous me passionnez, dit Holmes. Je vous en prie, donnez-moi depuis le début les faits essentiels et pour les détails je pourrai ensuite vous questionner sur les points qui me sembleront les plus importants.

Le jeune homme approcha sa chaise du feu et allongea vers la flamme ses semelles détrempées.

– Je m'appelle, dit-il, John Openshaw, mais ma personne n'a, si tant est que j'y comprenne quoi que ce soit, rien à voir avec cette terrible affaire. Il s'agit d'une chose héréditaire ; aussi, afin de vous donner une idée des faits, faut-il que je remonte tout au début.

« Il faut que vous sachiez que mon grand-père avait deux fils – mon oncle, Elias, et mon père, Joseph. Mon père avait à Coventry une petite usine qu'il agrandit à l'époque de l'invention de la bicyclette. Il détenait le brevet du pneu increvable Openshaw, et son affaire prospéra si bien qu'il put la vendre et se retirer avec une belle aisance.

« Mon oncle Élias émigra en Amérique dans sa jeunesse et devint planteur en Floride où, à ce qu'on apprit, il avait très bien réussi. Au moment de la guerre de Sécession, il combattit dans l'armée de Jackson, puis plus tard sous les ordres de Hood et conquit ses galons de colonel. Quand Lee eut déposé les armes, mon oncle retourna à sa plantation où il resta trois ou quatre ans encore. Vers 1869 ou 1870, il revint en Europe et prit un petit domaine dans le Sussex, près de Horsham. Il avait fait fortune aux États-Unis, mais il quitta ce pays en raison de son aversion pour les nègres et par dégoût de la politique républicaine qui leur accordait la liberté. C'était un homme singulier et farouche qui s'emportait facilement. Quand il était en colère, il avait l'injure facile et devenait grossier. Avec cela, il aimait la solitude. Pendant toutes les années qu'il a vécues à Horsham je ne crois pas qu'il ait jamais mis le pied en ville. Il avait un jardin, deux ou trois champs autour de sa maison, et c'est là qu'il prenait de l'exercice. Très souvent pourtant, et pendant des semaines de suite, il ne sortait pas de sa chambre. Il buvait pas mal d'eau-de-vie, il fumait énormément et, n'ayant pas besoin d'amis et pas même de son frère, il ne voulait voir personne.

« Il faisait une exception pour moi ; en fait, il me prit en affection, car lorsqu'il me vit pour la première fois, j'étais un gamin d'une douzaine d'années. Cela devait se passer en 1878, alors qu'il était en Angleterre depuis huit ou neuf ans. Il demanda à mon père de me laisser venir habiter chez lui et, à sa manière, il fut très bon avec moi. Quand il n'avait pas bu, il aimait jouer avec moi au trictrac et aux dames, et il me confiait le soin de le représenter auprès des domestiques et des commerçants, de telle sorte qu'aux environs de ma seizième année, j'étais tout à fait le maître de la maison. J'avais toutes les clés et je pouvais aller où je voulais et faire ce qu'il me plaisait, à condition de ne pas le déranger dans sa retraite. Il y avait, pourtant, une singulière exception, qui portait sur une seule chambre, une chambre de débarras, en haut, dans les mansardes, qu'il gardait constamment fermée à clé, où il ne tolérait pas qu'on entrât, ni moi ni personne. Curieux, comme tout enfant, j'ai un jour regardé par le trou de la serrure, mais je n'ai rien pu voir d'autre que le ramassis de vieilles malles et de ballots qu'on peut s'attendre à trouver dans une pièce de ce genre.

« Un matin, au petit déjeuner – c'était en mars 1883 – une lettre affranchie d'un timbre étranger se trouva devant l'assiette du colonel. Avec lui ce n'était pas chose courante que de recevoir des lettres, car il payait comptant toutes ses factures et n'avait aucun ami.

« – Des Indes ! dit-il en la prenant. Le cachet de Pondichéry ! Qu'est-ce que ça peut bien être ?

« Il l'ouvrit aussitôt et il en tomba cinq petits pépins d'orange desséchés qui sonnèrent sur son assiette. J'allais en rire, mais le rire se figea sur mes lèvres en voyant son visage. Sa lèvre pendait, ses yeux s'exorbitaient, sa peau avait la pâleur du mastic et il regardait fixement l'enveloppe qu'il tenait toujours dans sa main tremblante.

« – K.K.K., s'écria-t-il, puis : Seigneur ! mes péchés sont retombés sur moi !

« – Qu'est-ce donc, mon oncle ? m'écriai-je.

« – La mort, dit-il, et, se levant de table, il se retira dans sa chambre.

« Je restai seul tout frémissant d'horreur.

« Je ramassai l'enveloppe et je vis, griffonnée à l'encre rouge sur le dedans du rabat, juste au-dessus de la gomme, la lettre K trois fois répétée. À part les cinq pépins desséchés, il n'y avait rien d'autre à l'intérieur. Quel motif pouvait avoir la terreur qui s'était emparée de mon oncle ?... Je quittai la table et, en montant l'escalier, je le rencontrai qui redescendait. Il tenait d'une main une vieille clé rouillée, qui devait être celle de la mansarde, et, de l'autre une petite boîte en cuivre qui ressemblait à un petit coffret à argent.

« – Qu'ils fassent ce qu'ils veulent, je les tiendrai bien encore en échec ! dit-il avec un juron. Dis à Marie qu'aujourd'hui je veux du feu dans ma chambre et envoie chercher Fordham, le notaire de Horsham.

« Je fis ce qu'il me commandait et quand le notaire fut arrivé, on me fit dire de monter dans la chambre de mon oncle. Un feu ardent brûlait et la grille était pleine d'une masse de cendres noires et duveteuses, comme si l'on avait brûlé du papier. La boîte en cuivre était à côté, ouverte et vide. En y jetant un coup d'œil, j'eus un haut-le-corps, car j'aperçus, inscrit en caractères d'imprimerie sur le couvercle, le triple K que j'avais vu, le matin, sur l'enveloppe.

« Je veux, John, dit mon oncle, que tu sois témoin de mon testament. Je laisse ma propriété, avec tous ses avantages et ses désavantages, à mon frère, ton père, après qui, sans doute, elle te reviendra. Si tu peux en jouir en paix, tant mieux ! Si tu trouves que c'est impossible, suis mon conseil, mon garçon, et abandonne-la à ton plus terrible ennemi. Je suis désolé de te léguer ainsi une arme à deux tranchants, mais je ne saurais dire quelle tournure les choses vont prendre. Aie la bonté de signer ce papier-là à l'endroit où M. Fordham te l'indique.

« Je signai le papier comme on m'y invitait et le notaire l'emporta. Ce singulier incident fit sur moi, comme vous pouvez l'imaginer, l'impression la plus profonde et j'y songeai longuement, je le tournai et retournai dans mon esprit, sans pouvoir rien y comprendre. Pourtant, je n'arrivais pas à me débarrasser du vague sentiment de terreur qu'il me laissait ; mais l'impression devenait moins vive à mesure que les semaines passaient et que rien ne venait troubler le train-train ordinaire de notre existence. Toutefois, mon oncle changeait à vue d'œil. Il buvait plus que jamais et il était encore moins enclin à voir qui que ce fût. Il passait la plus grande partie de son temps dans sa chambre, la porte fermée à clé de l'intérieur, mais parfois il en sortait et, en proie à une sorte de furieuse ivresse, il s'élançait hors de la maison et, courant par tout le jardin, un revolver à la main, criait que nul ne lui faisait peur et que personne, homme ou diable, ne le tiendrait enfermé comme un mouton dans un parc. Quand pourtant ces accès étaient passés, il rentrait avec fracas et fermait la porte à clé, la barricadait derrière lui en homme qui n'ose regarder en face la terreur qui bouleverse le tréfonds de son âme. Dans ces moments-là, j'ai vu son visage, même par temps froid, luisant et moite comme s'il sortait d'une cuvette d'eau chaude.

« Eh bien ! pour en arriver à la fin, monsieur Holmes, et pour ne pas abuser de votre patience, une nuit arriva où il fit une de ces folles sorties et n'en revint point. Nous l'avons trouvé, quand nous nous sommes mis à sa recherche, tombé, la face en avant, dans une petite mare couverte d'écume verte qui se trouvait au bout du jardin. Il n'y avait aucune trace de violence et l'eau n'avait que deux pieds de profondeur, de sorte que le jury tenant compte de son excentricité bien connue, rendit un verdict de suicide. Mais moi, qui savais comment il se cabrait à la pensée même de la mort, j'ai eu beaucoup de mal à me persuader qu'il s'était dérangé pour aller au-devant d'elle. L'affaire passa, toutefois, et mon père entra en possession du domaine et de quelque quatorze mille livres qui se trouvaient en banque au compte de mon oncle.

– Un instant, intervint Holmes. Votre récit est, je le vois déjà, l'un des plus intéressants que j'aie jamais écoutés. Donnez-moi la date à laquelle votre oncle a reçu la lettre et celle de son suicide supposé.

– La lettre est arrivée le 10 mars 1883. Sa mort survint sept semaines plus tard, dans la nuit du 2 mai.

– Merci ! Je vous en prie, continuez.

– Quand mon père prit la propriété de Horsham, il fit, à ma demande, un examen minutieux de la mansarde qui avait toujours été fermée à clé. Nous y avons trouvé la boîte en cuivre, bien que son contenu eût été détruit. À l'intérieur du couvercle se trouvait une étiquette en papier qui portait les trois initiales répétées K.K.K. et au-dessous « Lettres, mémorandums, reçus et un registre ». Ces mots, nous le supposions, indiquaient la nature des papiers que le colonel Openshaw avait détruits. Quant au reste, il n'y avait rien de bien important dans la pièce, sauf, éparpillés çà et là, de nombreux journaux et des carnets qui se rapportaient à la vie de mon oncle en Amérique. Quelques-uns dataient de la guerre de Sécession et montraient qu'il avait bien fait son devoir et s'était acquis la renommée d'un brave soldat. D'autres dataient de la refonte des États du Sud et concernaient, pour la plupart, la politique, car il avait évidemment pris nettement position contre les politiciens d'antichambre que l'on avait envoyés du Nord.

« Ce fut donc au commencement de 1884 que mon père vint demeurer à Horsham et tout alla aussi bien que possible jusqu'à janvier 1885. Quatre jours après le Nouvel An, comme nous étions à table pour le petit déjeuner, j'entendis mon père pousser un vif cri de surprise. Il était là, avec dans une main une enveloppe qu'il venait d'ouvrir et dans la paume ouverte de l'autre cinq pépins d'orange desséchés. Il s'était toujours moqué de ce qu'il appelait mon histoire sans queue ni tête à propos du colonel, mais il paraissait très perplexe et très effrayé maintenant que la même chose lui arrivait.

« – Eh ! quoi ! Diable ! Qu'est-ce que cela veut dire, John ? balbutia-t-il.

« Mon cœur soudain devint lourd comme du plomb.

« – C'est K.K.K., dis-je.

« Il regarda l'intérieur de l'enveloppe.

« – C'est bien cela ! s'écria-t-il. Voilà les lettres ! Mais qu'y a-t-il d'écrit au-dessus ?

« Je lus en regardant par-dessus son épaule. Il y avait : « *Mettez les papiers sur le cadran solaire* ».

« – Quels papiers ? Quel cadran solaire ? demanda-t-il.

« – Le cadran solaire du jardin. Il n'y en a pas d'autre, dis-je. Mais les papiers doivent être ceux qui ont été détruits.

« – Bah ! dit-il, faisant un effort pour retrouver du courage, nous sommes dans un pays civilisé, ici, et des niaiseries de ce genre ne sont pas de mise. D'où cela vient-il ?

« – De Dundee, répondis-je en regardant le cachet de la poste.

« – C'est une farce absurde, dit-il. En quoi les cadrans solaires et les papiers me concernent-ils ? Je ne veux tenir aucun compte de pareilles sottises.

« – J'en parlerais à la police, à ta place, dis-je.

« Il se moqua de moi pour ma peine. Pas de ça !

« – Alors, permets-moi de le faire.

« – Non, je te le défends. Je ne veux pas qu'on fasse des histoires pour une pareille baliverne.

« Il était inutile de discuter, car il était très entêté. Je m'en allai, le cœur lourd de pressentiments.

Le troisième jour après l'arrivée de cette lettre, mon père quitta la maison pour aller rendre visite à un de ses vieux amis, le commandant Forebody qui commandait un des forts de Portsdown Hill. J'étais content de le voir s'en aller, car il me semblait qu'il s'écartait du danger en s'éloignant de notre maison. Je me trompais. Le second jour de son absence, je reçus un télégramme du commandant qui me suppliait de venir sur-le-champ : mon père était tombé dans une des profondes carrières de craie, qui sont si nombreuses dans le voisinage, et il gisait sans connaissance, le crâne fracassé. Je me hâtai de courir à son chevet, mais il mourut sans avoir repris connaissance. Il revenait, paraît-il, de Farham, au crépuscule, et comme le pays lui était inconnu et que la carrière n'était pas clôturée, le jury n'hésita pas à rapporter un verdict de « mort accidentelle ». Bien que j'aie soigneusement examiné les circonstances dans lesquelles il mourut, je n'ai rien pu trouver qui suggérât l'idée d'un assassinat. Il n'y avait aucune trace de violence, aucune trace de pas, rien n'avait été volé, et on n'avait signalé la présence d'aucun inconnu sur les routes. Et pourtant, je n'ai pas besoin de vous dire que j'étais loin d'avoir l'esprit tranquille et que j'étais à peu près certain qu'il avait été victime d'une infâme machination.

« Ce fut en janvier 1885 que mon pauvre père mourut ; deux ans et huit mois se sont écoulés depuis. Pendant tout ce temps, j'ai coulé à Horsham des jours heureux et j'avais commencé à espérer que cette malédiction s'était éloignée de la famille et qu'elle avait pris fin avec la précédente génération. Je m'étais trop pressé, toutefois, à éprouver ce soulagement : hier matin, le coup s'est abattu sur moi sous la même forme qu'il s'est abattu sur mon père.

Le jeune homme tira de son gilet une enveloppe chiffonnée et la renversant au-dessus de la table, il la secoua et en fit tomber cinq pépins d'orange desséchés.

– Voici l'enveloppe, reprit-il. Le cachet de la poste est de Londres – secteur Est. À l'intérieur on retrouve les mêmes mots que sur le dernier message reçu par mon père : « K.K.K. », puis : « *Mettez les papiers sur le cadran solaire.* »

– Qu'avez-vous fait ? demanda Holmes.

– Rien.

– Rien !

– À vrai dire, expliqua-t-il, en enfonçant son visage dans ses mains blanches, je me suis senti impuissant. J'ai ressenti l'impression que doivent éprouver les malheureux lapins quand le serpent s'avance vers eux en zigzaguant. Il me semble que je suis la proie d'un fléau inexorable et irrésistible, dont nulle prévoyance, nulle précaution ne saurait me protéger.

– Ta-ra-ta-ta ! s'écria Sherlock Holmes. Il faut agir, mon brave, ou vous êtes perdu. Du cran ! Rien d'autre ne peut vous sauver. Ce n'est pas le moment de désespérer.

– J'ai vu la police.

– Ah !

– Mais ils ont écouté mon histoire en souriant. Je suis convaincu que l'inspecteur est d'avis que les lettres sont de bonnes farces et que la mort des miens fut réellement accidentelle, ainsi que l'ont déclaré les jurys, et qu'elle n'avait rien à voir avec les avertissements.

Holmes agita ses poings en l'air.

– Incroyable imbécillité ! s'écria-t-il.

– Ils m'ont cependant donné un agent pour habiter si je veux la maison avec moi.

– Est-il venu avec vous ce soir ?

– Non, il a ordre de rester dans la maison.

De nouveau, Holmes, furieux, éleva les poings.

– Pourquoi êtes-vous venu à moi ? dit-il. Et surtout pourquoi n'êtes-vous pas venu tout de suite ?

– Je ne savais pas. Ce n'est qu'aujourd'hui que j'ai parlé à Prendergast de mes ennuis et qu'il m'a conseillé de m'adresser à vous.

– Il y a deux jours pleins que vous avez reçu la lettre. Nous aurions déjà agi. Vous n'avez pas d'autres renseignements que ceux que vous nous avez fournis, je suppose, aucun détail qui pourrait nous aider ?

– Il y a une chose, dit John Openshaw, une seule chose.

Il fouilla dans la poche de son habit et en tira un morceau de papier bleuâtre et décoloré qu'il étala sur la table.

– Je me souviens, dit-il, que le jour où mon oncle a brûlé ses papiers, j'ai remarqué que les petits bouts de marges non brûlés qui se trouvaient dans les cendres avaient tous cette couleur particulière. J'ai trouvé cette unique feuille sur le plancher de sa chambre et tout me porte à croire que c'est peut-être un des papiers qui, ayant volé loin des autres, avait, de la sorte, échappé à la destruction. Sauf qu'il y est question de « pépins », je ne pense pas qu'il puisse nous être d'une grande utilité. Je crois, pour ma part, que c'est une page d'un journal intime. Incontestablement, l'écriture est celle de mon oncle.

Holmes approcha la lampe et tous les deux nous nous penchâmes sur la feuille de papier dont le bord déchiré prouvait qu'on l'avait, en effet, arrachée à un carnet. Cette feuille portait en tête : « Mars 1869 », et en dessous se trouvaient les indications suivantes :

4. Hudson est venu. Même vieille discussion.
7. Envoyé les pépins à Mac Cauley, Taramore et Swain, de St Augustin.
9. Mac Cauley disparu.
10. John Swain disparu.

12. *Visité Taramore. Tout bien.*

– Merci, dit Holmes en pliant le papier et en le rendant à notre visiteur. Et maintenant il ne faut plus, sous aucun pré texte, perdre un seul instant. Nous ne pouvons même pas prendre le temps de discuter ce que vous m'avez dit. Il faut rentrer chez vous tout de suite et agir.

– Mais que dois-je faire ?

– Il n'y a qu'une seule chose à faire, et à faire tout de suite. Il faut mettre ce papier que vous venez de nous montrer dans la boîte en cuivre que vous nous avez décrite. Il faudra aussi y joindre un mot disant que tous les autres papiers ont été brûlés par votre oncle et que c'est là le seul qui reste. Il faudra l'affirmer en des termes tels qu'ils soient convaincants. Cela fait, il faudra, sans délai, mettre la boîte sur le cadran solaire, comme on vous le demande. Est-ce compris ?

– Parfaitement.

– Ne pensez pas à la vengeance, ou à quoi que ce soit de ce genre, pour l'instant. La vengeance, nous l'obtiendrons, je crois, par la loi, mais il faut que nous tissions notre toile, tandis que la leur est déjà tissée. Le premier point, c'est d'écarter le danger pressant qui vous menace. Après on verra à élucider le mystère et à punir les coupables.

– Je vous remercie, dit le jeune homme, en se levant et en remettant son pardessus. Vous m'avez rendu la vie en même temps que l'espoir. Je ne manquerai pas d'agir comme vous me le conseillez.

– Ne perdez pas un moment, et, surtout, prenez garde à vous, en attendant, car je ne pense pas qu'il y ait le moindre doute que vous ne soyez sous la menace d'un danger réel imminent. Comment rentrez-vous ?

– Par le train de Waterloo.

– Il n'est pas encore neuf heures. Il y aura encore foule dans les rues. J'espère donc que vous serez en sûreté, et pourtant vous ne sauriez être trop sur vos gardes.

– Je suis armé.

– C'est bien. Demain je me mettrai au travail sur votre affaire.

– Je vous verrai donc à Horsham ?

– Non, votre secret se cache à Londres. C'est là que je le chercherai.

– Alors, je reviendrai vous voir dans un jour ou deux, pour vous donner des nouvelles de la boîte et des papiers. Je ne ferai rien sans vous demander conseil.

Nous échangeâmes une poignée de main, et il s'en fut. Au-dehors, le vent hurlait toujours et la pluie battait les fenêtres. On eût dit que cette étrange et sauvage histoire nous avait été amenée par les éléments déchaînés, que la tempête l'avait charriée vers nous comme un paquet d'algues qu'elle venait maintenant de remporter.

Sherlock Holmes demeura quelque temps assis sans mot dire, la tête penchée en avant, les yeux fixant le feu qui flamboyait, rutilant. Ensuite, il alluma sa pipe et, se renversant dans son fauteuil, considéra les cercles de fumée bleue qui, en se pourchassant, montaient vers le plafond.

– Je crois, Watson, remarqua-t-il enfin, que de toutes les affaires que nous avons eues, aucune n'a jamais été plus fantastique que celle-ci.

– Sauf, peut-être, le Signe des Quatre.

– Oui, sauf peut-être celle-là. Et pourtant ce John Openshaw me semble environné de dangers plus grands encore que ceux que couraient les Sholto.

– Mais êtes-vous arrivé à une idée définie de la nature de ces dangers ?

– Il ne saurait y avoir de doute à cet égard.

– Et quels sont-ils ? Qui est ce K.K.K. et pourquoi poursuit-il cette malheureuse famille ?

Sherlock Holmes ferma les yeux et plaça ses coudes sur le bras de son fauteuil, tout en réunissant les extrémités de ses doigts.

– Le logicien idéal, remarqua-t-il, quand une fois on lui a exposé un fait sous toutes ses faces, en déduirait non seulement toute la chaîne des événements qui ont abouti à ce fait, mais aussi tous les résultats qui s'ensuivraient. De même que Cuvier pouvait décrire exactement un animal tout entier en en examinant un seul os, de même l'observateur qui a parfaitement saisi un seul maillon dans une série d'incidents devrait pouvoir exposer avec précision tous les autres incidents, tant antérieurs que postérieurs. Nous n'avons pas encore bien saisi les résultats auxquels la raison seule est capable d'atteindre. On peut résoudre dans le cabinet des problèmes qui ont mis en défaut tous ceux qui en ont cherché la solution à l'aide de leurs sens. Pourtant, pour porter l'art à son summum, il est nécessaire que le logicien soit capable d'utiliser tous les faits qui sont venus à sa connaissance, et cela implique en soi, comme vous le verrez aisément, une complète maîtrise de toutes les sciences, ce qui, même en ces jours de liberté de l'enseignement et d'encyclopédie, est un avantage assez rare. Il n'est toutefois pas impossible qu'un homme possède la totalité des connaissances qui peuvent lui être utiles dans ses travaux et c'est, quant à moi, ce à quoi je me suis efforcé d'atteindre. Si je me souviens bien, dans une certaine circonstance, aux premiers temps de notre amitié, vous aviez défini mes limites de façon assez précise.

– Oui, répondis-je en riant. C'était un singulier document. La philosophie, l'astronomie et la politique étaient notées d'un zéro, je me le rappelle. La botanique, médiocre ; la géologie, très sérieuse en ce qui concerne les taches de boue de n'importe quelle région située dans un périmètre de cinquante miles autour de Londres ; la chimie, excentrique ; l'anatomie, sans méthode ; la littérature passionnelle et les annales du crime, uniques. Je vous appréciais encore comme violoniste, boxeur, épéiste, homme de loi, et aussi pour votre auto-intoxication par la cocaïne et le tabac. C'étaient là, je crois, les principaux points de mon analyse.

La dernière remarque fit rire mon ami.

– Eh bien ! dit-il, je répète aujourd'hui, comme je le disais alors, qu'on doit garder sa petite mansarde intellectuelle garnie de tout ce qui doit vraisemblablement servir et que le reste peut être relégué dans les débarras de la bibliothèque, où on peut les trouver quand on en a besoin. Or, dans un cas comme celui que l'on nous a soumis ce soir, nous avons certainement besoin de toutes nos ressources ! Ayez donc la bonté de me passer la lettre K de l'*Encyclopédie américaine,* qui se trouve sur le rayon à côté de vous. Merci. Maintenant, considérons la situation et voyons ce qu'on en peut déduire. Tout d'abord, nous pouvons, comme point de départ, présumer non sans de bonnes raisons, que le colonel Openshaw avait des motifs très sérieux de quitter l'Amérique. À son âge, les hommes ne changent pas toutes leurs habitudes et n'échangent point volontiers le charmant climat de la Floride pour la vie solitaire d'une cité provinciale d'Angleterre. Son grand amour de la solitude dans notre pays fait naître l'idée qu'il avait peur de quelqu'un ou de quelque chose ; nous pouvons donc supposer, et ce sera l'hypothèse d'où nous partirons, que ce fut la peur de quelqu'un ou de quelque chose qui le chassa d'Amérique.

Quant à la nature de ce qu'il craignait, nous ne pouvons la déduire qu'en considérant les lettres terribles que lui-même et ses successeurs ont reçues. Avez-vous remarqué les cachets postaux de ces lettres ?

– La première venait de Pondichéry la seconde de Dundee, et la troisième de Londres.

– De Londres, secteur Est. Qu'en déduisez-vous ?

– Ce sont tous les trois des ports. J'en déduis que celui qui les a écrites était à bord d'un vaisseau.

– Excellent, Watson. Nous avons déjà un indice. On ne saurait mettre en doute qu'il y a des chances – de très fortes chances – que l'expéditeur fût à bord d'un vaisseau. Et maintenant, considérons un autre point. Dans le cas de Pondichéry sept semaines se sont écoulées entre la menace et son accomplissement ; dans le cas de Dundee, il n'y a eu que trois ou quatre jours. Cela ne vous suggère-t-il rien ?

– La distance est plus grande pour le voyageur.

– Mais la lettre aussi a un plus grand parcours pour arriver.

– Alors, je ne vois pas.

– Il y a au moins une présomption que le vaisseau dans lequel se trouve l'homme – ou les hommes – est un voilier. Il semble qu'ils aient toujours envoyé leur singulier avertissement ou avis avant de se mettre eux-mêmes en route pour leur mis sion. Vous voyez avec quelle rapidité l'action a suivi l'avis quand celui-ci est venu de Dundee. S'ils étaient venus de Pondichéry dans un steamer, ils seraient arrivés presque aussi vite que leur lettre. Mais, en fait, sept semaines se sont écoulées, ce qui représentait la différence entre le courrier postal qui a apporté la lettre et le vaisseau à voiles qui en a amené l'expéditeur.

– C'est possible.

– Mieux que cela. C'est probable. Et maintenant, vous voyez l'urgence fatale de ce nouveau cas, et pourquoi j'ai insisté auprès du jeune Openshaw pour qu'il prenne garde. Le coup a toujours été frappé à l'expiration du temps qu'il faut aux expéditeurs pour parcourir la distance. Mais, cette fois-ci, la lettre vient de Londres et par conséquent nous ne pouvons compter sur un délai.

– Grand Dieu ! m'écriai-je, que peut signifier cette persécution impitoyable ?

– Les papiers qu'Openshaw a emportés sont évidemment d'une importance capitale pour la personne ou les personnes qui sont à bord du voilier. Il apparaît très clairement, je crois, qu'il doit y avoir plus d'un individu. Un homme seul n'aurait pu perpétrer ces deux crimes de façon à tromper le jury d'un coroner Il faut pour cela qu'ils soient plusieurs et que ce soient des hommes résolus et qui ne manquent pas d'initiative. Leurs papiers, il les leur faut, quel qu'en soit le détenteur. Et cela vous montre que K.K.K. cesse d'être les initiales d'un individu et devient le sigle d'une société.

– Mais de quelle société ?

– Vous n'avez jamais entendu parler du Ku Klux Klan ?

Et Sherlock, se penchant en avant, baissait la voix.

– Jamais.

Holmes tourna les pages du livre sur ses genoux.

– Voici ! dit-il bientôt. « Ku Klux Klan. Nom dérivé d'une ressemblance imaginaire avec le bruit produit par un fusil qu'on arme. Cette terrible société secrète fut formée par quelques anciens soldats confédérés dans les États du Sud après la guerre civile et elle forma bien vite des branches locales dans différentes parties du pays, particulièrement dans le Tennessee, la Louisiane, les Carolines, la Géorgie et la Floride. Elle employait sa puissance à des fins politiques, principalement à terroriser les électeurs nègres et à assassiner ou à chasser du pays ceux qui étaient opposés à ses desseins. Ses attentats étaient d'ordinaire précédés d'un avertissement à l'homme désigné, avertissement donné d'une façon fantasque mais généralement aisée à reconnaître, quelques feuilles de chêne dans certains endroits, dans d'autres des semences de melon ou des pépins d'orange. Quand elle recevait ces avertissements, la victime pouvait ou bien renoncer ouvertement à ses opinions ou à sa façon de vivre, ou bien s'enfuir du pays.

« Si, par bravade, elle s'entêtait, la mort la surprenait infailliblement, en général d'une façon étrange et imprévue. L'organisation de la société était si parfaite, ses méthodes si efficaces, qu'on ne cite guère de personnes qui aient réussi à la braver impunément ou de circonstances qui aient permis de déterminer avec certitude les auteurs d'un attentat.

Pendant quelques années, cette organisation prospéra, en dépit des efforts du gouvernement des États-Unis et des milieux les mieux intentionnés dans la communauté du Sud. Cependant, en l'année 1869, le mouvement s'éteignit assez brusquement, bien que, depuis lors, il y ait eu encore des sursauts spasmodiques. »

« Vous remarquerez, dit Holmes en posant le volume, que cette soudaine éclipse de la société coïncide avec le moment où Openshaw est parti d'Amérique avec leurs papiers. Il se peut fort bien qu'il y ait là un rapport de cause à effet. Rien d'étonnant donc, que lui et les siens aient eu à leurs trousses quelques-uns de ces implacables caractères. Vous pouvez comprendre que ce registre et ce journal aient pu mettre en cause quelques personnalités de tout premier plan des États du Sud et qu'il puisse y en avoir pas mal qui ne dormiront pas tranquilles tant qu'on n'aura pas recouvré ces papiers.

– Alors, la page que nous avons vue...

– Est telle qu'on pouvait l'attendre. Si je me souviens bien, elle portait : « Envoyé les pépins à A. B. et C. » C'est-à-dire l'avertissement de la société leur a été adressé. Puis viennent les notes, indiquant que A. et B. ont ou disparu, ou quitté le pays, et enfin que C. a reçu une visite dont, j'en ai bien peur, le résultat a dû lui être funeste. Vous voyez, je pense, docteur, que nous pourrons projeter quelque lumière dans cet antre obscur et je crois que la seule chance qu'ait le jeune Openshaw, en attendant, c'est de faire ce que je lui ai dit. Il n'y a pas autre chose à dire, pas autre chose à faire ce soir. Donnez-moi donc mon violon et pendant une demi-heure, tâchons d'oublier cette misérable époque et les agissements plus misérables encore des hommes, nos frères.

Le temps s'était éclairci le matin et le soleil brillait d'un éclat adouci à travers le voile imprécis qui restait tendu au-dessus de la grande ville. Sherlock Holmes était déjà en train de déjeuner quand je suis descendu.

– Vous m'excuserez, dit-il, de ne pas vous avoir attendu. J'ai devant moi, je le prévois, une journée copieusement occupée à étudier le cas du jeune Openshaw.

– Quelle marche allez-vous suivre ?

– Cela dépendra beaucoup des résultats de mes premières recherches. Il se peut qu'en fin de compte je sois obligé d'aller à Horsham.

– Vous n'irez pas en premier lieu ?

– Non, je commencerai par la Cité. Sonnez, la servante vous apportera votre café.

En attendant, je pris sur la table le journal non déplié encore et j'y jetai un coup d'œil. Mon regard s'arrêta sur un titre qui me fit passer un frisson dans le cœur.

– Holmes, m'écriai-je, vous arrivez trop tard !

– Ah ! dit-il, en posant sa tasse. J'en avais peur. Comment ça s'est-il passé ?

Sa voix était calme, mais je n'en voyais pas moins qu'il était profondément ému.

– Mes yeux sont tombés sur le nom d'Openshaw et sur le titre : « Une tragédie près du pont de Waterloo. » En voici le récit : « Entre neuf et dix heures du soir, l'agent de police Cook, de la Division H, de service près du pont de Waterloo, entendit crier "Au secours", puis le bruit d'un corps qui tombait à l'eau. La nuit, extrêmement noire, et le temps orageux rendaient tout sauvetage impossible, malgré la bonne volonté de plusieurs passants. L'alarme, toutefois, fut donnée et avec la coopération de la police fluviale, le corps fut trouvé un peu plus tard. C'était celui d'un jeune homme dont le nom, si l'on en croit une enveloppe qu'on trouva dans sa poche, serait John Openshaw, et qui habiterait près de Horsham. On suppose qu'il se hâtait afin d'attraper le dernier train qui part de la gare de Waterloo et que dans sa précipitation et dans l'obscurité il s'est trompé de chemin et s'est engagé sur l'un des petits débarcadères fluviaux, d'où il est tombé. Le corps ne portait aucune trace de violence et il ne fait pas de doute que le défunt a été la victime d'un malencontreux accident qui, espérons-le, attirera l'attention des autorités sur l'état fâcheux des débarcadères tout au long de la Tamise. »

Nous restâmes assis pendant quelques minutes sans proférer une parole. Holmes était plus abattu et plus ému que je ne l'avais jamais vu.

– C'est un rude coup pour mon orgueil, Watson, dit-il enfin. C'est là un sentiment bien mesquin, sans doute, mais c'est un rude coup pour mon orgueil ! J'en fais désormais une affaire personnelle et si Dieu me garde la santé, je mettrai la main sur cette bande. Penser qu'il est venu vers moi pour que je l'aide et que je l'ai envoyé à la mort !

Il bondit de sa chaise et, incapable de dominer son agitation, il se mit à parcourir la pièce à grands pas. Ses joues ternes s'empourpraient, en même temps que ses longues mains maigres se serraient et se desserraient nerveusement.

– Ces démons doivent être terriblement retors, s'écria-t-il enfin. Comment ont-ils pu l'attirer là-bas. Le quai n'est pas sur le chemin qui mène directement à la gare. Le pont, sans doute, était encore trop fréquenté, même par le temps qu'il faisait, pour leur projet. Eh bien ! Watson, nous verrons qui gagnera la partie en fin de compte. Je sors.

– Vous allez à la police ?

– Non. Je serai ma propre police. Quand j'aurai tissé la toile, je leur laisserai peut-être capturer les mouches, mais pas avant...

Toute la journée je fus occupé par ma profession et ce ne fut que tard dans la soirée que je revins à Baker Street. Sherlock Holmes n'était pas encore rentré. Il était presque dix heures, quand il revint, l'air pâle et épuisé. Il se dirigea vers le buffet et, arrachant un morceau de pain à la miche, il le dévora, puis le fit suivre d'une grande gorgée d'eau.

– Vous avez faim, constatai-je.

– Je meurs de faim. Je n'y pensais plus. Je n'ai rien pris depuis le petit déjeuner.

– Rien ?

– Pas une bouchée. Je n'ai pas eu le temps d'y penser.

– Et avez-vous réussi ?

– Fort bien.

– Vous avez une piste ?

– Je les tiens dans le creux de ma main. Le jeune Openshaw ne restera pas longtemps sans être vengé ! Watson, nous allons poser sur eux-mêmes leur diabolique marque de fabrique. C'est une bonne idée !

Il prit une orange dans le buffet, l'ouvrit et en fit jaillir les pépins sur la table. Il en prit cinq qu'il jeta dans une enveloppe. A l'intérieur du rabat il écrivit : « S. H. pour J. C. » Il la cacheta et l'adressa au « Capitaine James Calhoun. Trois-mâts *Lone Star*. Savannah. Georgie. »

– Cette lettre l'attendra à son arrivée au port, dit-il en riant doucement. Elle lui vaudra sans doute une nuit blanche. Il constatera que ce message lui annonce son destin avec autant de certitude que ce fut avant lui le cas pour Openshaw.

– Et qui est ce capitaine Calhoun ?

– Le chef de la bande. J'aurai les autres, mais lui d'abord.

– Comment l'avez-vous donc découvert ?

Il prit dans sa poche une grande feuille de papier couverte de dates et de notes.

– J'ai passé toute la journée, dit-il, à suivre sur les registres de Lloyd et sur des collections de journaux tous les voyages postérieurs des navires qui ont fait escale à Pondichéry en janvier et en février 83. On en donnait, comme y ayant stationné au cours de ces deux mois, trente-six d'un bon tonnage. De ces trente-six, le *Lone Star* attira tout de suite mon attention, parce que, bien qu'on l'annonçât comme venant de Londres, son nom est celui que l'on donne à une province des États-Unis.

– Le Texas, je crois.

– Je ne sais plus au juste, laquelle, mais je savais que le vaisseau devait être d'origine américaine.

– Et alors ?

– J'ai examiné le mouvement du port de Dundee et quand j'ai trouvé que le trois-mâts *Lone Star* était là en janvier 83, mes soupçons se sont changés en certitude. Je me suis alors informé des vaisseaux qui étaient à présent à l'ancre dans le port de Londres

– Et alors ?

– Le *Lone Star* est arrivé ici la semaine dernière. Je suis allé au Dock Albert et j'ai appris que ce trois-mâts avait descendu la rivière, de bonne heure ce matin, avec la marée. J'ai télégraphié à Gravesend d'où l'on m'a répondu qu'il venait de passer et, comme le vent souffle d'est, je ne doute pas qu'il ne soit maintenant au-delà des Goodwins et non loin de l'île de Wight.

– Qu'allez-vous faire, alors ?

– Oh ! je les tiens. Lui et les deux seconds sont, d'après ce que je sais, les seuls Américains à bord. Les autres sont des Finlandais et des Allemands. Je sais aussi que tous trois se sont absentés du navire hier soir. Je le tiens de l'arrimeur qui a embarqué leur cargaison. Au moment où leur bateau touchera Savannah, le courrier aura porté cette lettre et mon câblogramme aura informé la police de Savannah qu'on a grand besoin de ces messieurs ici pour y répondre d'une inculpation d'assassinat.

Mais les plans les mieux dressés des hommes comportent toujours une part d'incertitude. Les assassins de John Openshaw ne devaient jamais recevoir les pépins d'orange qui leur auraient montré que quelqu'un d'aussi retors et résolu qu'eux-mêmes, était sur leur piste. Les vents de l'équinoxe soufflèrent très longuement et très violemment, cette année-là. Longtemps, nous attendîmes des nouvelles du Lone Star ; elles ne nous parvinrent jamais. A la fin, pourtant, nous avons appris que quelque part, bien loin dans l'Atlantique, on avait aperçu, ballotté au creux d'une grande vague, l'étambot fracassé d'un bateau ; les lettres « L. S. » y étaient sculptées, et c'est là tout ce que nous saurons jamais du sort du *Lone Star*.

Toutes les aventures de Sherlock Holmes

Liste des quatre romans et cinquante-six nouvelles qui constituent les aventures de Sherlock Holmes, publiées par Sir Arthur Conan Doyle entre 1887 et 1927.

Romans

* Une Étude en Rouge (novembre 1887)
* Le Signe des Quatre (février 1890)
* Le Chien des Baskerville (août 1901 à mai 1902)
* La Vallée de la Peur (sept 1914 à mai 1915)

Les Aventures de Sherlock Holmes

* Un Scandale en Bohême (juillet 1891)
* La Ligue des Rouquins (août 1891)
* Une Affaire d'Identité (septembre 1891)
* Le mystère de la vallée de Boscombe (octobre 1891)
* Les Cinq Pépins d'Orange (novembre 1891)
* L'Homme à la Lèvre Tordue (décembre 1891)
* L'Escarboucle Bleue (janvier 1892)
* Le Ruban Moucheté (février 1892)
* Le Pouce de l'Ingénieur (mars 1892)
* Un Aristocrate Célibataire (avril 1892)
* Le Diadème de Beryls (mai 1892)
* Les Hêtres Rouges (juin 1892)

Les Mémoires de Sherlock Holmes

* Flamme d'Argent (décembre 1892)
* La Boite en Carton (janvier 1893)
* La Figure Jaune (février 1893)
* L'Employé de l'Agent de Change (mars 1893)
* Le Gloria-Scott (avril 1893)
* Le Rituel des Musgrave (mai 1893)
* Les Propriétaires de Reigate (juin 1893)

* Le Tordu (juillet 1893)
* Le Pensionnaire en Traitement (août 1893)
* L'Interprète Grec (septembre 1893)
* Le Traité Naval (octobre / novembre 1893)
* Le Dernier Problème (décembre 1893)

Le Retour de Sherlock Holmes

* La Maison Vide (26 septembre 1903)
* L'Entrepreneur de Norwood (31 octobre 1903)
* Les Hommes Dansants (décembre 1903)
* La Cycliste Solitaire (26 décembre 1903)
* L'École du prieuré (30 janvier 1904)
* Peter le Noir (27 février 1904)
* Charles Auguste Milverton (26 mars 1904)
* Les Six Napoléons (30 avril 1904)
* Les Trois Étudiants (juin 1904)
* Le Pince-Nez en Or (juillet 1904)
* Un Trois-Quarts a été perdu (août 1904)
* Le Manoir de L'Abbaye (septembre 1904)
* La Deuxième Tâche (décembre 1904)

Son Dernier Coup d'Archet

* L'aventure de Wisteria Lodge (15 août 1908)
* Les Plans du Bruce-Partington (décembre 1908)
* Le Pied du Diable (décembre 1910)
* Le Cercle Rouge (mars/avril 1911)
* La Disparition de Lady Frances Carfax (décembre 1911)
* Le détective agonisant (22 novembre 1913)
* Son Dernier Coup d'Archet (septembre 1917)

Les Archives de Sherlock Holmes

* La Pierre de Mazarin (octobre 1921)
* Le Problème du Pont de Thor (février et mars 1922)
* L'Homme qui Grimpait (mars 1923)

* Le Vampire du Sussex (janvier 1924)
* Les Trois Garrideb (25 octobre 1924)
* L'Illustre Client (8 novembre 1924)
* Les Trois Pignons (18 septembre 1926)
* Le Soldat Blanchi (16 octobre 1926)
* La Crinière du Lion (27 novembre 1926)
* Le Marchand de Couleurs Retiré des Affaires (18 décembre. 1926)
* La Pensionnaire Voilée (22 janvier 1927)
* L'Aventure de Shoscombe Old Place (5 mars 1927)